तेरे बिन

स्काई वर्मा

Synopsis (कहानी सारांश):

“तेरे नाम के आगे कुछ भी नहीं” एक दिल को छू जाने वाली प्रेम कहानी है, जो दो टूटे हुए लोगों — Rajeev और Gayatri — की ज़िन्दगी को जोड़ती है।

Rajeev, एक कामयाब लेकिन बर्बाद हो चुका गायक, जिसने कभी शोहरत के साथ अपनी मोहब्बत को भी खो दिया था।
दूसरी तरफ़, Gayatri, एक सीधी-सादी लेकिन रहस्यमयी लड़की, जिसके अंदर एक दर्द छिपा था — जो किसी को कभी नहीं बताया गया।

दोनों की मुलाकात बर्फ से ढकी वादियों में होती है — जहाँ सर्द हवाओं में भी मोहब्बत की गर्मी महसूस होती है।
Rajeev के संगीत में फिर से जान आती है, पर Gayatri के जीवन में समय की रेत तेज़ी से फिसल रही होती है।

इस कहानी में आपको मिलेगा:

- संगीत का जादू
- अधूरे रिश्तों का दर्द
- आत्मा से आत्मा का मिलन
- चिट्ठियाँ, डायरी और वो लम्हें जो शब्दों से बाहर हैं
- एक भावुक video संदेश, जो रुला देगा

Gayatri के जाने के बाद Rajeev खुद को नहीं, बल्कि उसे जीने लगता है — और उसकी यादों को एक “Foundation” में बदल देता है, जहाँ हर सुर, हर धुन किसी टूटे हुए दिल को जोड़ता है।

यह कहानी बताती है कि:

“सच्चा प्यार किसी के साथ रहने में नहीं,
बल्कि उसके बिना भी उसे ज़िन्दा रखने में है...”

Chapter 1: "संगीत की ख़ामोशी"

"कुछ धुनें होती हैं जो कानों से नहीं, सीधे दिल में उतरती हैं। पर कभी-कभी वही धुनें... ख़ामोशियों में खो जाती हैं।"

हिमाचल की वादियाँ थी। सर्दियों का मौसम अपने पूरे शबाब पर था। बर्फ की सफ़ेद चादर ज़मीन को ढँके हुए थी, और हर सांस से धुंआ सा निकल रहा था — जैसे वक़्त भी कुछ कहने की कोशिश कर रहा हो।

राजीव मेहरा, उम्र लगभग 32 साल, चेहरे पर बिखड़ी हुई दाढ़ी, आँखों में अनकहे अफ़साने, और होंठों पर जमी हुई चुप्पी लेकर उस पहाड़ी स्टेशन पर उतरा था जहाँ कभी उसके सुरों ने साँस ली थी।

सालों पहले उसने यहीं से संगीत को महसूस किया था, और आज... वो सबकुछ भूल चुका था। बस रह गई थी एक टूटी हुई आत्मा, एक अधूरा अतीत और एक अधजला दिल।

"The Fallen Rockstar"

कभी उसका नाम संगीत की दुनिया में चमकता था। राजीव मेहरा — वो लड़का जिसकी आवाज़ ने लाखों दिलों को धड़कना सिखाया।
उसके गानों में जो दर्द था, वो असली था। वो प्यार, जो उसने जिया था, वो अधूरा था।

लेकिन अचानक...
वो गायब हो गया था।

किसी को नहीं पता चला क्यों, किस लिए, किसके लिए।

वापसी — एक मजबूरी

उस दिन जब उसने वापस उसी पहाड़ी शहर की टिकट कटवाई, तो ना उसमें जोश था, ना ही कोई उम्मीद। बस... एक ईमेल ने उसे खींच लिया था:

"Music Retreat – Rekindle Your Soul
Location: Dawnspring Hills
Theme: 'Sound of Silence'
Guest List: Closed Group Only"

राजीव को पता नहीं क्यों... उस मेल में कुछ जाना-पहचाना सा लगा। और बिना सोचे, वो वहाँ पहुँच गया।

———

रिहायश और पहली सुबह

रिट्रीट की जगह एक पुराना चर्च-कॉन्क्लेव था जिसे मॉडर्न स्टूडियो और आरामदायक कॉटेज में बदला गया था।
राजीव के लिए कॉटेज नंबर 7 था — "शांति" नाम से।

अगली सुबह, जब बर्फ गिरी हुई थी और सूरज हल्के बादलों से जूझ रहा था, तभी राजीव पहली बार उसे देखता है।

———

पहली झलक — Gayatri

वो चर्च के बाहर खड़ी थी, एक नोटबुक हाथ में लिए हुए, और उसकी आँखें... ठीक वैसी ही थी जैसी उसने कभी देखी थी।

गायत्री।

सफेद शॉल ओढ़े, बाल खुले हुए, और उसकी मुस्कान... नहीं, मुस्कान नहीं... वो देख रही थी राजीव को वैसे ही जैसे कोई शेर अपने शिकार को देखता है।

राजीव कुछ सेकंड के लिए अटका, उसकी चाल, उसके चेहरे की शांति, और आँखों में छुपा तूफ़ान — सब कुछ जाना-पहचाना सा था।

लेकिन वो कुछ कहे बिना अंदर चली गई।

राजीव वहीं खड़ा रह गया — जैसे किसी भूले हुए गीत की पहली लाइन फिर से याद आ गई हो।

पुराना पियानो, अधूरी धुन

उस रात राजीव कॉटेज के सामने बने म्यूजिक हॉल में गया। वहाँ एक पुराना पियानो रखा था। उसने धीरे से उसकी चाबियों को छुआ... और एक अधूरी धुन निकल पड़ी।

वो धुन... वही थी, जो उसने किसी खास के लिए कभी लिखी थी... मगर पूरी कभी नहीं कर पाया।

अचानक किसी की आवाज़ आई —

"यह धुन आपने पहले भी कभी बजाई थी क्या?"

राजीव ने मुड़कर देखा — गायत्री।

उसके सवाल में सवाल नहीं था, इल्ज़ाम था।

राजीव को कुछ समझ नहीं आया। वो मुस्कराया, मगर Gayatri की नज़रों में सिर्फ़ सन्नाटा और हिसाब बाकी था।

And the past returns...

रात होते-होते राजीव को नींद नहीं आई।
उसने अपनी पुरानी डायरी निकाली — जो उसके साथ ही आई थी।

पहला पन्ना खुलते ही लिखा था:

"Shruti – मेरी पहली धुन, मेरा पहला दर्द..."

Shruti...
Rajeev ka dil ek pal ke liye ruk gaya.

Gayatri... Shruti ki behen thi?

—————

Gayatri ek baar phir uske saamne aayi, aur usne kaha:

"Tum wapas kyu aaye ho Rajeev Mehra?
Jo ek baar jaan लेता है, वो वापस क्या माँगने आता है?"

Rajeev खामोश था।
और पियानो पर वही अधूरी धुन... फिर से बज रही थी।

Chapter 2 "वो जो अधूरा छूट गया था···

: "वो जो अधूरा छूट गया था..."

"कभी-कभी कुछ मुलाकातें इतनी चुप होती हैं, कि उनकी आवाज़ सालों तक पीछा करती है।"

हवा में ठंड थी, पर राजीव की यादें और भी सर्द थीं।

Gayatri का सवाल — "तुम वापस क्यों आए हो, राजीव मेहरा?" — अब तक उसके कानों में गूंज रहा था।

वो आवाज़ सिर्फ सवाल नहीं थी... वो एक चोट थी। एक पुराना ज़ख्म जिसे राजीव ने सालों से दबा रखा था, वो एक पल में उभर आया।

वही कॉटेज, वही चुप्पी

राजीव अपने कॉटेज की बालकनी में बैठा था, हाथ में चाय का प्याला था जो ठंडा हो चुका था।

उसके सामने वो बर्फ से ढकी वादियाँ थीं... और आंखों के सामने वो पल... जब श्रुति की हँसी उसके गानों की धुन हुआ करती थी।

श्रुति।

उसका पहला प्यार, उसकी पहली धुन।

उसकी अधूरी कविता।

Gayatri उस जैसी क्यों दिखती थी? क्यूँ उसकी आँखें वही बातें करती थीं जो श्रुति की आंखें करती थीं?

फ्लैशबैक — सात साल पहले

राजीव तब 23 साल का था, छोटा शहर, बड़े सपने।
श्रुति से पहली मुलाकात भी इसी पहाड़ी स्टेशन पर हुई थी — एक शास्त्रीय संगीत शिविर में।

वो दोनों ही संगीत के दीवाने थे।

श्रुति तब 19 की थी — उसकी हँसी बर्फ में धूप जैसी लगती थी।

वो दोनों हर शाम मंदिर के पास बैठकर सुरों का खेल खेलते थे।

एक दिन श्रुति ने कहा था —

"राजीव, अगर एक दिन मैं चली जाऊँ... तो मेरी पसंदीदा धुन कभी मत छोड़ना।"

राजीव हँस दिया था।
उसने तब नहीं सोचा था कि वो बात कोई सच भी हो सकती है।

The Truth He Never Faced

श्रुति को दिल की बीमारी थी — और ये राजीव को तब पता चला... जब वो जा चुकी थी।

उसने जाने से पहले कोई शिकायत नहीं की... बस एक चिट्ठी छोड़ी थी —

"मैं जानती हूँ, तुम ये नहीं समझ पाओगे अभी। पर अगर कभी समझ सको... तो मेरे लिए एक गाना ज़रूर पूरा करना।"

राजीव ने वो गाना फिर कभी नहीं छुआ।

⌛ वापस वर्तमान में...

अब राजीव गायत्री को देखता है — उसकी चाल, उसका गुस्सा, उसका ठंडापन... सब कुछ जाना-पहचाना लगता है।

लेकिन Gayatri की आँखों में प्यार नहीं था — वहाँ सिर्फ़ हिसाब बाकी था।

"शब्दों का हिसाब"

अगली दोपहर संगीत रिट्रीट में एक Group Session रखा गया — जहां हर किसी को अपनी एक धुन, या एक कहानी सुनानी थी।

Gayatri उठी।

वो मंच पर गई — और अपनी डायरी से एक हिस्सा पढ़ना शुरू किया।

"कभी एक राजीव नाम का लड़का था। उसने एक लड़की को प्यार का मतलब सिखाया। फिर उसे अधूरा छोड़ गया।"

राजीव का चेहरा स्याह पड़ गया। कोई और नहीं समझा, पर वो जानता था — ये उसी के लिए था।

Gayatri ने पढ़ना जारी रखा:

"उस लड़के की आवाज़ आज भी चलती है रेडियो पर। पर उस लड़की की धड़कन... कब की रुक चुकी है।"

राजीव उठ गया — वहाँ से चुपचाप बाहर निकल गया।

रात की बूँदें और टूटी सिसकियाँ

उस रात बर्फबारी बहुत तेज़ थी।

राजीव अकेले जंगल के रास्ते मंदिर तक गया — जहाँ वो और श्रुति गाते थे।
उसी पेड़ के नीचे बैठा जहाँ उसने पहली बार उसे गाना सिखाया था।

और वहीं... पहली बार फूट-फूट कर रोया।

"माफ़ कर दे श्रुति... मैं वक़्त पर नहीं लौट पाया।"
"और अब तेरी बहन भी मुझे माफ़ नहीं करेगी।"
"शायद मैं माफ़ी के लायक ही नहीं हूँ..."

Meanwhile — Gayatri's POV

Gayatri अपने कमरे में खिड़की से बर्फ गिरते देख रही थी।

उसे याद आया — श्रुति की डायरी का आख़िरी पन्ना:

"अगर मुझे कुछ हो जाए... और राजीव लौट आए... तो उसे मत नफरत देना। उसे बताना कि मैं उससे आज भी प्यार करती हूँ।"

Gayatri की आँखें भीग गईं।

उसका दिल कहता था — शायद राजीव उतना बुरा नहीं था।

लेकिन दिमाग कहता था — वो आदमी उसकी बहन की मौत का ज़िम्मेदार था।

अगली सुबह Gayatri मंदिर के रास्ते पर चली जाती है...

और वहीं दूर से देखती है —

राजीव बर्फ में अकेले बैठा हुआ है, कांपता हुआ... और उसी अधूरी धुन को गुनगुना रहा है।

Gayatri धीरे-धीरे पीछे मुड़ जाती है — और बस एक लफ्ज़ कहती है:

“शायद अभी नहीं... लेकिन कभी माफ़ कर दूँगी।”

Chapter 3 "धड़कनों की भाषा"

"धड़कनों की भाषा"

"कुछ एहसास कहे नहीं जाते, बस महसूस होते हैं... और कभी-कभी वही एहसास किसी का वजूद बदल देते हैं।"

सुबह का सूरज और टूटे रिश्तों की छाँव

तीसरी सुबह।

Dawnspring hills की घाटियों में सूरज ने अपनी रौशनी बिखेरी थी, पर राजीव की दुनिया अब भी धुंधली थी।

वो बर्फ में भीगे हुए कपड़ों के साथ मंदिर के पास ही एक चबूतरे पर बैठा था। पिछली रात वो वहीं सो गया था। बर्फ की सफ़ेदी ने उसके

बालों को ढँक दिया था – जैसे वक़्त उसे अपनी गलती की सज़ा दे रहा हो।

किसी ने धीरे से उसके कंधे पर शॉल रखा।

राजीव ने ऊपर देखा – वो गायत्री नहीं थी।

वो एक बुज़ुर्ग आदमी था – Retreat का एक सेवक – दयानंद बाबा।

"बेटा, जो बीत गया, उस पर रोने से कुछ नहीं बदलता।

पर अगर सच में कुछ बदला चाहिए... तो खुद को बदलना पड़ता है।"

राजीव ने हल्की मुस्कान दी, पर उसकी आँखों में वो जलन साफ थी – अंदर से वो पूरी तरह टूट चुका था।

Gayatri – भीतर की जंग

Gayatri अपने कमरे में बैठी थी।

शांत, पर अस्थिर।

श्रुति की डायरी बार-बार खुल रही थी, और हर शब्द जैसे उसकी आत्मा को खरोंच रहा था।

"...अगर मुझे कुछ हो जाए, तो राजीव को मत दोष देना..."

"उसने जो किया, जानबूझकर नहीं किया।"

"मैंने उससे आखिरी बार मिलने की जिद नहीं की, ताकि वो guilt में न जिए..."

"पर शायद वो अब भी जी रहा है... उस बोझ के साथ।"

Gayatri की उंगलियां कांप रही थीं।

“क्या ये मुमकिन है कि मैंने राजीव को गलत समझा हो?”

“या वो सच में उस दर्द का जिम्मेदार है...?”

दोनों जवाब सही लगते थे। और यही सबसे बड़ा दर्द था।

Retreat Announcement

रिट्रीट का तीसरा दिन था, और आज एक Special Task रखा गया था:

“हर प्रतिभागी को आज एक नया गीत, धुन या कविता बनानी है — लेकिन किसी ऐसे emotion पर, जिसे उसने कभी जुबान नहीं दी।”

Gayatri ने चुपचाप वो कागज़ लिया और दूर पहाड़ी की तरफ चल दी।

राजीव भी वहीं जा रहा था – लेकिन दोनों ने एक-दूसरे को देखा तक नहीं।

वो जगह जहाँ भावनाएँ पिघलती हैं

पहाड़ी के उस छोर पर एक पत्थर की बेंच थी – जहाँ से घाटी का नज़ारा खुलता था।

बर्फ धीरे-धीरे पिघल रही थी। जैसे मौसम भी कुछ कहने को बेताब हो।

Gayatri उस जगह पहुंची और अपनी डायरी खोलने लगी।

राजीव पहले से वहीं बैठा था – दूसरी तरफ।

कुछ देर बाद, दोनों ने एक-दूसरे को देखा। नज़रों में ना गुस्सा था, ना मोहब्बत — बस... एक गहरी खालीपन।

कुछ मिनटों की चुप्पी के बाद, Rajeev ने धीरे से कहा:

"उसने तुम्हें सब बता दिया था... है ना?"

Gayatri ने कोई जवाब नहीं दिया।

"मैं गया था... उसे देखने। पर जब पहुँचा, तब तक वो जा चुकी थी।

मैंने कभी माफ़ नहीं किया खुद को... शायद इसलिए संगीत भी छोड़ दिया।"

Gayatri की उंगलियां डायरी के पन्नों पर चल रही थीं – जैसे वो जवाब खोज रही हो, जो उसके दिल ने कभी नहीं दिया।

Ek Gaana – Ek Sach

राजीव ने पियानो से निकली अधूरी धुन को कागज़ पर उतारा।

वो वही गाना था जिसे श्रुति ने लिखा था, पर कभी पूरा नहीं हुआ।

अब... उसे पूरा करना था। Gayatri के लिए नहीं, अपने लिए।

वो उठ खड़ा हुआ, और Gayatri को देख कर बोला:

“कल शाम मैं उसे सबके सामने गाऊँगा।

अगर तुम चाहो, तो सुन सकती हो। अगर ना चाहो... तो भी गाऊँगा।”

Gayatri ने उसकी आँखों में देखा —

वहाँ अब इल्ज़ाम नहीं था, बस... खुद को माफ़ करने की एक आखिरी कोशिश थी।

That Night – Transformation Begins

रात में Gayatri अपने कमरे में बैठकर सोचती रही।

श्रुति की मुस्कान, राजीव का दर्द, और अपनी खुद की उलझन।

वो चाहती थी कि सब कुछ फिर से ठीक हो जाए... पर क्या वक़्त लौट सकता है?

उसने धीरे से एक पंक्ति लिखी:

“कुछ धड़कनें इतनी खामोश होती हैं, कि उनका शोर ज़िंदगी भर पीछा करता है।”

उसने उसी पन्ने को मोड़ा, और नीचे लिखा:

“राजीव... कल मैं तुम्हारा गाना ज़रूर सुनूँगी।”

Next Day – The Performance

Evening Hall.

Retreat का Music Performance चल रहा था।

सबने अपनी रचनाएँ सुनाईं – कुछ ने दर्द बयाँ किया, कुछ ने प्यार।

फिर नंबर आया राजीव मेहरा का।

वो मंच पर चढ़ा।

पियानो पर बैठा... और सबके सामने बोला:

“ये धुन मैंने नहीं लिखी।

ये एक लड़की की आख़िरी साँसों से निकली थी।

मैंने बस उसे अधूरा छोड़ दिया था...

आज उसे पूरा कर रहा हूँ।”

पिन-ड्रॉप साइलेंस।

राजीव ने गाना शुरू किया — धीरे-धीरे, उसकी आवाज़ कांपती थी... पर हर लफ़्ज़ सीधा दिल में उतरता था।

गीत के बोल (Excerpt):

"तेरी चुप्पियों में बसी थी धड़कन मेरी,

तेरे जाने के बाद भी जिंदा रही कहानी मेरी...

मैंने वक़्त से मांगी थी माफ़ी,

पर तूने मुझे सिखाया – इश्क़ कोई सौदा नहीं..."_

गाना खत्म हुआ — और कुछ देर तक सब चुप रहे। फिर तालियाँ गूंजीं... पर Gayatri नहीं दिखी।

Outside — A Storm of Feelings

Gayatri बाहर अकेली खड़ी थी — पेड़ के नीचे।

उसकी आँखों से आंसू थम नहीं रहे थे।

"Rajeev... तुमने वो सब कुछ कह दिया... जो शायद श्रुति भी ना कह पाई।"

उसने धीरे से डायरी खोली — और पन्ना फाड़कर हवा में उड़ाया।

पन्ने पर लिखा था:

"मैं तुम्हें अब दोष नहीं देती..."

राजीव मंदिर के बाहर बैठा था, अपनी धुन के आख़िरी सुरों को नोटबुक में लिखते हुए।

Gayatri पीछे से आई, चुपचाप उसके पास बैठ गई।

राजीव ने कुछ नहीं कहा।

Gayatri ने कुछ नहीं पूछा।

सिर्फ एक धुन थी –

जो अब अधूरी नहीं थी।

Chapter 4: "वो जो तुझमें दिखी थी..."

"कभी-कभी किसी के होने से ज़्यादा, उसका जाना ज़िंदगी बदल देता है। लेकिन अगर कोई दोबारा लौट आए... तो?"

नया दिन, नई हवा

राजीव आज पहली बार थोड़ी देर तक सोया।

सुबह के सूरज की हल्की गर्मी उसकी आँखों पर पड़ रही थी। बाहर से मंदिर की घंटियों की धीमी आवाज़ आ रही थी।
पलकों पर नींद और दिल पर थोड़ी राहत थी।

कल का गाना, जो उसने पूरे रिट्रीट के सामने गाया था — वो अब एक बोझ नहीं था।
शायद... उसने वो गाना सिर्फ श्रुति के लिए नहीं, खुद के लिए भी गाया था।

Gayatri का बदला व्यवहार

Gayatri उस सुबह मंदिर गई — जहाँ उसे Rajeev फिर अकेला बैठा दिखा।

पर इस बार वो पलटी नहीं।

वो सीधा उसके पास गई और चुपचाप बैठ गई।

"कल तुमने जो गाया... वो सिर्फ एक गाना नहीं था।"

राजीव ने उसकी तरफ देखा, पर कुछ कहा नहीं।

Gayatri की नज़रें सामने थीं — घाटी की तरफ, जहाँ से बादल पहाड़ों के बीच बहते दिख रहे थे।

"तुम्हारी आवाज़ में जो दर्द था, वो बनावटी नहीं था।
और अब... मुझे लग रहा है कि मैं तुम्हें थोड़ा जानना चाहती हूँ।"

राजीव का दिल कुछ देर के लिए ठहर गया।

——

एक साथ की पहली चाय

रिट्रीट कैंपस के पास एक छोटा सा wooden कैफ़े था — “The Sound Room”।

Gayatri ने पहली बार खुद Rajeev को पूछा —

“चलो, चाय पीते हैं।”

राजीव ने सिर हिलाया।
उन्हें चाय नहीं पीनी थी… बस साथ बैठना था।

कैफ़े में धीमी-धीमी शास्त्रीय धुनें बज रही थीं।
Gayatri ने उसे पूछा:

“तुमने संगीत छोड़ क्यों दिया था?”

राजीव ने एक गहरी साँस ली।

“क्योंकि जिस इंसान के लिए मैं गाता था, वो चला गया… और उसके साथ मेरी आवाज़ भी।

मुझे लगा था... शायद मैं दोबारा गा ही नहीं पाऊँगा।
लेकिन कल पहली बार ऐसा लगा कि... शायद मैं अब गा नहीं रहा, बल्कि खुद को सुन रहा हूँ।"

Gayatri ने चुपचाप सुना।

उसे महसूस हुआ — ये वही राजीव नहीं है जिसकी कहानी उसने अपनी बहन की डायरी में पढ़ी थी।
ये एक बदला हुआ इंसान है — टूटा, पर सच्चा।

एक छोटी यात्रा

Retreat के चौथे दिन सभी लोगों को पास के waterfall तक ट्रेक पर ले जाया गया।

बर्फ पिघलने लगी थी, रास्ते फिसलन भरे थे।

Gayatri फिसली — और Rajeev ने उसे थाम लिया।

उसने झिझकते हुए अपना हाथ पीछे खींचा, पर उसके चेहरे पर हल्की मुस्कान थी।

“तुम पहले भी मुझे ऐसे ही थाम चुके हो...” — उसने धीरे से कहा।

राजीव समझ गया — Gayatri अब सिर्फ यादों में नहीं जी रही।
वो वर्तमान को भी एक मौका दे रही है।

मंदिर में सुर

उस रात मंदिर में Group Devotional Jam रखा गया।

Rajeev ने Gayatri को बुलाया —

“आज सिर्फ मैं नहीं, तुम भी गाओगी।”

Gayatri हँस पड़ी —

“मैं? गाना? तुम पागल हो?”

राजीव ने कहा —

"नहीं... मैं वही पागल हूँ जो तुम्हारे अंदर श्रुति की रूह देखता है... और Gayatri की आवाज़ महसूस करना चाहता है।"

Gayatri का चेहरा थोड़ी देर के लिए गंभीर हो गया।

"कभी-कभी तुम मुझे डराते हो, Rajeev.
मैं नहीं जानती कि मैं श्रुति की बहन हूँ... या उसकी परछाई... या तुम मुझे मेरे अपने नाम से देख रहे हो..."

राजीव ने धीरे से कहा —

"मैं अब तुझे तेरे नाम से देख रहा हूँ... और तेरी आंखों में अब मुझे तू दिखती है... वो नहीं।"

Gayatri की Confession

उस रात Gayatri ने पहली बार अपनी डायरी में श्रुति का ज़िक्र नहीं किया।

उसने लिखा:

“Rajeev अब सिर्फ अतीत नहीं है... शायद वो मेरा भविष्य भी बन सकता है।
लेकिन क्या मैं उसे माफ़ कर पाऊँगी पूरी तरह?
या माफ़ी सिर्फ एक शुरुआत है...?”

A Near Kiss — But Hold

Retreat की आख़िरी रातें नज़दीक आ रही थीं।

एक रात, Gayatri और Rajeev मंदिर के पीछे बने लकड़ी के बेंच पर बैठे थे।

चाँदनी सफेद बर्फ पर पड़ रही थी। दोनों के बीच चुप्पी थी... पर कोई बोझ नहीं था।

Rajeev ने उसकी तरफ देखा —
Gayatri ने भी नज़रें मिलाईं।
वो पास आए... कुछ पल के लिए होंठ पास आए...

लेकिन Gayatri ने धीरे से चेहरा हटा लिया।

"अभी नहीं...
जब मैं ये महसूस करने लगूँ कि मैं सिर्फ
Gayatri हूँ... और कुछ नहीं...
तब।"

राजीव ने मुस्कराकर उसका हाथ पकड़ लिया।

"मैं इंतज़ार कर लूंगा।"

—————

Gayatri रात में फिर अपनी डायरी खोलती है।

"आज मैंने पहली बार खुद को देखा — किसी की नज़रों में।
और उस नज़र में सिर्फ मैं थी... कोई परछाई नहीं।"

वो मुस्कराती है।

Rajeev अपने कमरे में गिटार उठाता है... और नई धुन बनाता है — Gayatri के नाम।

Chapter 5: "उसकी चिट्ठियाँ अब भी आती हैं..."

"कुछ बातें अधूरी रह जाती हैं... और कुछ चिट्ठियाँ देर से मिलती हैं... जब उनका वक़्त बीत चुका होता है।"

एक भूली हुई डाक

Retreat के पाँचवें दिन की सुबह हल्की धूप और हल्की बारिश की मिली-जुली हवा लेकर आई।

Rajeev meditation में था, जब hostel के caretaker ने आवाज़ लगाई —

"राजीव! तुम्हारे नाम की कोई पुरानी चिट्ठियाँ आई हैं।
शायद कोई पीछे से भेज गया... किसी ने देर से forward कर दी।"

Rajeev चौंक गया —

“मेरे नाम?”

Caretaker ने उसे कुछ पुराने पोस्टकार्ड्स थमाए — सफेद कागज़, नीले इनक से भरे कुछ अल्फाज़।

हर लिफाफे पर वही नाम — Shruti.

———

Gayatri की पहली नजर उन चिट्ठियों पर

Rajeev जैसे ही उन्हें पढ़ने लगा, Gayatri पीछे से आ गई।

वो कुछ देर तक सिर्फ देखती रही —
Rajeev की आँखें भीग चुकी थीं... उसके हाथ काँप रहे थे...

Gayatri ने धीरे से पूछा:

“ये क्या है...?”

Rajeev ने जवाब नहीं दिया —
बस एक चिट्ठी Gayatri की तरफ बढ़ा दी।

———

चिट्ठी में लिखा था:

_**"Rajeev...
तुमसे दूर जाना मेरी मजबूरी थी, नफ़रत नहीं।
जब डॉक्टर ने कहा कि मेरे पास सिर्फ कुछ महीने हैं, मैंने तुमसे अलग होना ज़रूरी समझा...
क्योंकि मैं तुम्हारे ग़म का हिस्सा नहीं बनना चाहती थी।
तुम्हें मुझसे अलग करना सबसे मुश्किल काम था... पर शायद ज़रूरी।

अगर कभी Gayatri तुमसे मिले...
तो उससे मत कहना कि मैंने उसे छोड़ा...
क्योंकि मैंने उसे नहीं छोड़ा —
मैंने उसे बचाया।"**_

— Shruti

———

Gayatri को यकीन नहीं हुआ। उसकी आंखें भर आईं।

“ये तुमसे प्यार करती थी... और तुमसे दूर गई ताकि तुम्हें बचा सके...”

Rajeev बस खामोश बैठा रहा।

Gayatri चुपचाप बाहर निकल गई — उसके पैरों तले ज़मीन खिसक चुकी थी।

Gayatri की दूरी

पूरा दिन वो Rajeev से दूर रही।

Retreat में सब थे, पर उसकी आंखें सिर्फ Shruti की आवाज़ सुन रही थीं।

“मैंने उसे छोड़ा नहीं — उसे बचाया।”

Gayatri को याद आया — Shruti कितनी चुप रहने लगी थी आखिरी दिनों में।
उसने किसी को नहीं बताया कि उसे कुछ हुआ है।

और Rajeev... जिसने सब कुछ सहा, बिना कुछ कहे।

Gayatri को अपने सारे शक... अपनी सारी नाराज़गी... एक भारी अपराधबोध में बदलती दिखी।

Rain Scene – Emotional Confrontation

शाम को तेज़ बारिश होने लगी।
Rajeev पहाड़ी किनारे खड़ा था — भीगता हुआ।

Gayatri उसके पास आई —
न कोई छाता, न कोई शिकवा। सिर्फ एक सवाल:

"तुमने कभी मुझे बताया क्यों नहीं?
कि मेरी बहन तुमसे दूर इसलिए गई थी ताकि तुम टूटो नहीं...?"

Rajeev ने भीगी आवाज़ में कहा:

"क्योंकि तुम्हें मुझे नफरत करना ज़रूरी था।
मैं चाहता था कि तुम मुझसे दूर रहो — ताकि तुम्हें मेरी तरह दर्द न हो।

पर शायद... Shruti सही थी।
मैं सबसे बड़ा ग़लत इंसान बन गया... एक सही वजह से।"

Gayatri उसके पास आई — और पहली बार... उसने Rajeev को गले लगा लिया।

"तुम इंसान नहीं... एक सज़ा हो...
जो खुद को हर रोज़ माफ़ नहीं करता।
पर अब मुझे तुम्हें माफ़ करना है... ताकि मैं खुद को माफ़ कर सकूं।"

Gayatri की नई डायरी एंट्री

उस रात, Gayatri ने लिखा:

"अब जो जानना था, जान चुकी हूँ।
मेरी बहन चली गई... पर उसने जिसे छोड़ा था, वो अब मेरा है।
अब अगर मैं खुद को उसके नाम के नीचे छुपाती रही... तो मैं भी उसे धोखा दूँगी।"

Rajeev का नया गाना: "Uski Chitthiyan"

Rajeev ने अपनी चिट्ठियों से ही शब्द उठाए —
और एक नया गाना लिखा:

"उसकी चिट्ठियाँ अब भी आती हैं,
मेरे जख्मों पे धागा बाँधने।
वो तो चली गई ख़ामोशी से,
पर हर रात उसकी आवाज़ आती है..."

———

Gayatri Rajeev को सुनते हुए मुस्कराती है —
और कहती है:

"अब बस एक बात और जाननी है Rajeev..."

"क्या?" — वो पूछता है।

"अब हम कब तक अतीत में जीते रहेंगे?"

Chapter 6 : तेरे बाद भी, मैं तुझमें रह गई...”

तेरे बाद भी, मैं तुझमें रह गई...”

“कुछ रिश्ते वक़्त के साथ नहीं, वक़्त के बावजूद जीते हैं।”

---

1. नई सुबह — एक नया रिश्ता

Retreat की अगली सुबह कुछ अलग थी।
Rajeev पहली बार meditation नहीं, practice room में बैठा था — गिटार के साथ।
और Gayatri पहली बार उसके साथ बैठी थी, उसके सामने।

Gayatri: “कौन-सा गाना बना रहे हो?”
Rajeev (हँसते हुए): “जिसमें तुम हो... पर तुम जैसी नहीं हो।”

Gayatri मुस्करा दी — और उसके पास बैठ गई।
अब दोनों के बीच कोई पर्दा नहीं था।

---

2. संगीत के ज़रिए प्यार

Gayatri ने अपनी डायरी से एक कविता
निकाली —
जो उसने बचपन में Shruti के लिए लिखी थी,
जब वो बीमार थी:

"जो चले गए हैं,
वो लौट कर नहीं आते...
पर उनके साये में
हम जीना सीख जाते हैं..."

Rajeev ने वो पढ़ा और कहा:

"Ye poem nahi... ye gaana hai."
और उसने उसी वक़्त एक melody बनानी
शुरू कर दी।

Gayatri की आँखें भर आईं।
Rajeev ने उसकी तरफ देखा और कहा:

"Gayatri... तुम्हारा नाम sirf ek yaad nahi...
meri har dhadkan ki taal hai."

---

3. पुराने जख्म, नए इम्तिहान

Rajeev के साथ अब Gayatri जुड़ रही थी — professionally भी aur personally भी. Retreat में सबको लगने लगा था कि Rajeev वापसी कर रहा है, और उसका credit किसी को जाए, तो सिर्फ Gayatri को।

लेकिन दुनिया इतनी आसान नहीं होती।

Rajeev ke past ka ek purana manager — Kabir — retreat में आया।

"Rajeev... you're back in the scene?"
"No," Rajeev replied.
"I'm just finding my soul."

Kabir ने देखा कि Gayatri उसे inspire कर रही है, तो बोला:

"You'll fall again Rajeev... तुम जिस लड़की से पिघलते हो... वो ही तुम्हें फिर से तोड़ेगी।"
"इस बार मैं टूटूंगा नहीं..." Rajeev ने कहा,
"बल्कि गाऊँगा... और जिऊँगा।"

---

4. पहली बार Gayatri ने गाया

Ek private session me, Gayatri ने पहली बार खुद गाया —
Rajeev के lyrics पर, Rajeev की ही धुन पर।

"Main teri baahon mein dard dhoondhti hoon,
Tere baad bhi tujh mein reh gayi hoon..."

Retreat के mentors stunned हो गए —
और उन्होंने kaha:

"Tum dono ek saath perform karo — ek final live concert me."
"It's healing therapy for others. You'll both be anchors."

Rajeev तो ready tha, par Gayatri चुप रही।

---

5. Gayatri का डर

Gayatri raat ko akeli baithi thi — uske dimaag mein Shruti ki yaad, aur uska dard.

"Agar maine Rajeev se pyar kar liya... to kya main Shruti ko dhokha de rahi hoon?"

Usne ek candle jalayi — aur diary mein likha:

"Woh gaya...
par main usmein reh gayi hoon..."

Usne finally accept kiya —
Rajeev uska present hai... Shruti uska past...

Aur dono ke beech jo है — वो pyaar se zyada, ek karma hai।

---

6. A Night to Remember

Rajeev aur Gayatri dono open sky ke neeche बैठे थे — ek bonfire ke पास।
Gayatri ने पूछा:

"Tum kya chahte ho mujhse?"
Rajeev ने आँखे बंद की और कहा:

"Ek aisa waqt... jahan sirf hum हो —
Na Shruti, na duniya... na kal, na kal ki fikr..."
"Sirf yeh pal... jahan main तुम्हारे पास हूँ...
और तुम खुद से दूर नहीं हो।"

Gayatri उसकी तरफ देखती रही...
फिर पहली बार अपने हाथ Rajeev के हाथों में रख दिए।

Gayatri ने लिखा:

"अब मैं उससे दूर नहीं रह सकती।
चाहे जो भी हो... अब Shruti की चिट्ठियाँ नहीं...
मेरे इमोशन्स मेरा सच लिखेंगे...
और उसका नाम Rajeev होगा..."

Chapter 7 : तेरा नाम आज भी वही है…"

तेरा नाम आज भी वही है…"

"कभी-कभी नाम बदलते हैं, रिश्ते नहीं।"
"पता चलता है… जब बहुत देर हो जाती है।"

---

1. वापसी का प्रस्ताव

Gayatri aur Rajeev ke final duet ke baare mein khabar viral ho gayi thi. Retreat center se ek offer aaya:

"Rajeev, we want you to perform on stage again — not just for this retreat, but for the world."

Rajeev pehle to hesitant tha… par Gayatri ne kaha:

"Tumne ज़िन्दगी छोड़ी थी किसी के जाने के बाद…

अब ज़ीना सीखो मेरे साथ।"

Rajeev ने पहली बार दुनिया को जवाब दिया:

"मैं वापसी करूंगा... लेकिन मेरे rules पर।"

---

2. Gayatri का नाम... Shruti बन गया?

Show ke practice ke dauraan ek
shocking moment aaya.
Organizer ne Gayatri se poocha:

"Stage name kya likhna hai aapka?"
Aur bina soche usne kaha:
"Shruti."

Rajeev shock ho gaya.
Usne Gayatri ko side le jaake kaha:

"Kya tum ab bhi sirf Shruti ki jagah
bhar rahi ho?"
"Ya mujhe pyaar kar rahi ho?"

Gayatri की आंखें भीग गईं...

"Main tujhme Shruti ko nahi dekh rahi...
Balki Shruti ke baad, sirf tujhme hi z◌ि◌ंदा महसूस कर रही हूँ..."

---

3. Rajeev का डर:

Rajeev apne room me akela baitha tha — ek purani cassette haath me liye:

"Mera naam Rajeev tha...
Par jab Shruti chali gayi... main bhi chala gaya..."

Usne cassette play ki — uski aur Shruti ki last recording:

Shruti's voice:
"Agar main chali bhi gayi, toh kisi aur se pyar kar lena...
Magar usse bhi meri tarah tod mat dena..."

Rajeev ka guilt aur zyada gehra ho gaya.
Usne Gayatri se milke kaha:

"Tumhare liye gaane se pehle... mujhe Shruti se maafi leni hogi."

---

4. Ek Mandir, Ek Maafi

Gayatri aur Rajeev ek chhote se mandir gaye —
Jahan Shruti ki asthiyan vishraamit ki gayi thi.

Rajeev ne ek chhoti si murti ke saamne kneel down kiya —
aur aankhen band karke kaha:

"Mujhe maaf kar Shruti...
Maine tujhe chaha...
par tujhe sambhaal nahi saka...
Ab main kisi aur se pyar karne ja raha hoon...
tujhse zyada नहीं... par tujhse अलग है वो..."

Gayatri ne Rajeev ka haath pakda —
aur aankhon me aankhen daal kar bola:

"Mujhe Shruti ki jagah nahi chahiye, Rajeev...
Mujhe बस tera naam chahiye... जो आज भी वही है..."

---

5. Pehla Gaana – Public ke Saamne

Stage ready thi.
Lights, audience, media — sab ka pressure.
Rajeev ne Gayatri ka haath pakda aur stage pe le gaya.

Song start hua:
"Tera naam aaj bhi mere geeton mein hai...
Tere baad bhi main bas tu hi kehti रही..."

Crowd emotion se bhar gaya —
log ro rahe the, chillaa rahe the — aur stage pe ek toota hua musician aur ek heal karti muse the...

Rajeev & Gayatri = Soul Connect

---

6. Sacrifice Ki Shuruaat

Show ke baad, Kabir (old manager) backstage aaya:

"Great comeback, Rajeev. You're trending again."
"Let's sign a national tour. Big money. Big fame."

Rajeev ne kaha:

"Main music sirf uske liye banata hoon —
Jisne mujhe music se zyada chaha."

Kabir ne coldly reply kiya:

"Pyaar kabhi artist ka career nahi बनाता...
Artist sirf तब अमर होता है जब वो अकेला होता है."

Gayatri ne sab sun liya — aur uske mann me ek डर बैठ गया...

“Kahiin Rajeev phir se apne music ke liye khud ko ना खो दे…”

—

Rajeev diary me likhta hai:

“Tera naam, mera geet ban chuka hai…
Ab jo bhi gaaunga… वो भी तुझमें होगा…
और जो मैं ना gaa paaya…
वो तेरे खामोश लबों में zinda रहेगा…”

—

Chapter 8 और अधूरी कहानियाँ भी मुकम्मल होती हैं…”

और अधूरी कहानियाँ भी मुकम्मल होती हैं…”

“हर अधूरी बात में एक पूरा जज़्बा छुपा होता है…
और हर अधूरी मोहब्बत में एक मुकम्मल कहानी।”

---

1. नया सवेरा, नई उलझन

Retreat ke concert ke baad Gayatri aur Rajeev ke beech ek अजीब सी खामोशी थी।

Rajeev, Gayatri ko खुश देखने की कोशिश करता रहा,
लेकिन Gayatri के चेहरे पे हर मुस्कान अधूरी थी, जैसे कोई राज अब भी सीने में दबा हो।

एक सुबह, Gayatri ने बिन बताए retreat छोड़ दिया।

Rajeev ne phone kiya… no response.
Message kiya… seen bhi nahi hua.
Duniya ke liye Rajeev वापसी कर रहा था,
par uski दुनिया तो फिर से चली गई थी।

---

2. Gayatri का खत

Ek purani diary ke andar ek chिट्ठी
मिली Rajeev ko:

“Rajeev,

तुम्हारे साथ बिताया हर पल एक जिंदगी जैसा
था।
लेकिन कुछ अधूरी चीज़ें… पूरी हो जाएं, तो वो
अपनी मासूमियत खो देती हैं।

मैं तुम्हें मुकम्मल देखना चाहती हूँ – लेकिन मेरे
साथ नहीं… तुम्हारे संगीत के साथ।

मैं तुम्हारा नाम नहीं, तुम्हारा उजाला बनना
चाहती थी। और अगर मेरा साया भी तुम्हें धीमा
करता है… तो मैं उस उजाले से खुद हट
जाऊंगी।

तुम्हारे गाने लोगों के दिलों को छूते हैं... लेकिन मेरी खामोशी बस तुम्हारा वजूद डुबा रही है।

इसलिए जा रही हूँ...

मिलेंगे... किसी अधूरी कहानी की तरह।

— Gayatri"

———

3. Rajeev फिर अकेला

Rajeev fir se stage par tha —
lekin uske geet mein aaj bass सुर थे, रूह नहीं।

Concerts hote रहे, awaards milte रहे —
lekin Gayatri ki कमी uske हर सुर में गूंजती रही।

Kabir (manager) bola:

"Rajeev, you're famous again."
Rajeev muskuraya, lekin aankhon me aansuon ka darya tha:

"Fame mujhe chahiye tha hi kab?"

---

4. Gayatri और Shruti की सच्चाई

Ek din Rajeev ko Shruti ki purani diary milti hai.
Us diary me ek entry hoti hai, Gayatri ke naam:

"Gayatri, agar main chali भी गई... तो Rajeev को संभाल लेना।
वो बहार से strong है... पर अंदर से बहुत टूटा हुआ।
उसकी ज़िन्दगी का सबसे बड़ा सुर... तुझमें ही छुपा है।"

Rajeev ro padta hai —

"Tum dono mujhme zिंदा ho... Shruti bhi... Gayatri bhi...
aur main... khud ko कब का खो चुका हूँ।"

---

5. एक अधूरी कहानी, फिर से मिलने को तैयार

एक snowfall वाली रात —
Rajeev hilltop retreat ke उस lamhe ko dobara jeene gaya...
jahaan uski aur Gayatri ki mulaqat hui thi.

Wahin ek aawaz sunayi di:

"Mujhe bhi lagta tha... ki tum mujhe bhool jaoge..."

Rajeev ne palat ke dekha —
Gayatri khadi thi — purane sweater mein, aankhon mein ek वादा लिए।

"Main gayi thi... taaki tum खुद को paa सको।
Par mujhe samajh aaya —
तुम अधूरे हो, तो मैं भी पूरी नहीं हूं..."

Rajeev ki aankhon se aansu chhalak padte hain:

"Aur agar hum dono अधूरे hain...

to shayad milke… एक मुकम्मल कहानी likh सकते हैं…"

Gayatri haan mein sir hilaati hai — aur snowflakes ke beech dono gale lag jaate hain…

―――

6. एक नया गीत…

Rajeev stage par gaya — Gayatri ke saath —
Aur kaha:

"आज जो मैं gaaunga…
वो geet अधूरा tha…
lekin ab… usme meri Gayatri ka sur hai…"

गीत चालू होता है…

"Na chaha tha khud se door hona…
Na socha tha tere bina jhooth sa lagta hoon…
Par tu aayi,
aur meri अधूरी कहानी…मुकम्मल सी lagti hai…"

Chapter 9 : प्यार की सबसे बड़ी कीमत…”

प्यार की सबसे बड़ी कीमत…”

“कभी-कभी जो चीज़ें हमें जोड़ती हैं…
वही चीज़ें हमें तोड़ भी देती हैं।”

---

1. Rajeev का Comeback Tour Proposal

Rajeev ke wapas stage pe aane ke baad puri music industry ka focus us par tha. A-list labels uske paas aa rahe the.

Kabir ne ek bada offer laya:

“Rajeev, Universal Records chahte hain tumhara world tour.
New York, London, Dubai, Singapore… sab jagah!”

Gayatri muskuraayi, par uske chehre pe ek डर था.

Rajeev ne uski aankhon me dekha… aur samajh gaya sab kuch.

"Aur tum? Kya tum mere saath chalogi?"

Gayatri chup rahi. Sirf ek faint smile… jisme इन्कार छिपा था।

---

2. Gayatri की मजबूरी

Ek raat Gayatri diary likh rahi thi. Rajeev ne chhupke padh liya…

"Main nahi चाहती ke Rajeev फिर से उस दुनिया में डूब जाए…
वो नशा, वो pressure, वो तन्हाई… जहां से वो बाहर आया है।
मैं उसका प्यार हूं, पर शायद उसका भविष्य नहीं।"

Rajeev ka दिल टूटा… lekin usne kuch nahi kaha.
Agli subah Gayatri gayi, toh usne dekha —

Rajeev tour cancel kar chuka tha.

---

3. भिड़ंत — प्यार बनाम सपना

Gayatri ne gusse me kaha:

"Tum apna सपना क्यों छोड़ रहे हो mere liye?"

Rajeev ne calmly kaha:
"Kya faayda us सपने ka, jisme tu nahi ho?"

"Main tere साथ रह ke, tujhe खुद से दूर nahi karna चाहती Rajeev..."

"Aur main tere बिना खुद को खो nahi सकता Gayatri..."

Ek lambe silence ke baad Gayatri ne kaha:

"Toh tu jaana chahta hai?"

Rajeev ne aankhon me aansu leke kaha:

"Main बस यह चाहता हूं... कि mere geet sirf tere liye ho."

---

4. Final Concert ka Announcement

Kabir ne sabko inform kiya:

"Rajeev is doing one final concert — ek aakhri baar stage pe."

Concert venue tha wahi hill station retreat.
Tickets 30 minutes me sold out.

Iss concert ka naam tha:

"Tum Bin — The Last Song"

---

5. Concert Wali Raat

Spotlights on. Rajeev guitar leke stage par aaya.

"Ye mera आखिरी गाना hai...

Shayad mere geet kabhi tum tak ना पहुंचें...
Par jisने mujhe दोबारा जीना सिखाया —
ये गीत उसी के लिए है... Gayatri ke liye..."

गीत चालू होता है...

"Tere bina jo likhe...
wo sirf शब्द the,
Tere saath jo baje...
wo ही तो मेरी आत्मा थी."

"Main gaya... khud ke liye,
phir roka... tere liye,_
Ab gaa raha hoon...
sirf ek आखिरी बार... तुझमें खोने के लिए..."_

Gayatri backstage ro rahi thi —
Rajeev ki aankhon me आंसू थे —
Lekin आवाज में इंतिहा की सच्चाई thi।

---

6. अगले दिन की ख़बर

Next morning...
News headline:

“Rajeev Sharma – Final Concert ke baad ghaayab... last seen walking into the snowfall...”

No body found.
Bas ek diary aur ek recorded message Gayatri ke naam chhodi gayi thi:

“Main sab kuch paa chuka hoon... jab tu wapas aayi thi.”
“Ab main kisi aur jahan me tujhe gaa raha hoon...”

---

7. और Gayatri...

Gayatri ne us diary ko uthaya.
Aur retreat ke same stage par Rajeev ke liye ek tribute diya...

Uske shabdon mein sirf ek pankti thi:

“Agar tu aakhri tha...
toh main teri aakhri dhun hoon...”

Chapter 10 : तू गया नहीं... तू मुझमें रह गया"

तू गया नहीं... तू मुझमें रह गया"

"कुछ रिश्ते सांसों से नहीं, यादों से जिंदा रहते हैं।"
"और कुछ लोग... चले जाते हैं, पर कभी छोड़कर नहीं जाते।"

---

1. बर्फ़ में भीगी हुई तन्हाई

Concert ke 3 din baad — वही retreat.
Wahi hilltop, wahi ek bench jahan Rajeev akhri baar baitha tha.
Gayatri wahi aayi — bina कुछ बोले, bina किसी से मिले।

Haath me diary thi, jis par likha tha:

"Rajeev's Last Words"

Wo har panne ko chhoo kar padhti thi...

Jise Rajeev ne apne आखिरी dino me likha tha.

---

2. Rajeev की डायरी से — टूटे शब्द

"Mujhe lagta tha main music ke liye jiya,
par jab tu gayi... toh saare सुर बेआवाज़ ho gaye."

"Phir jab tu wapas aayi...
maine jeet liya tha sab kuch — par खो दिया था खुद को."

"Is baar main जाना चाहता hoon...
par गुम हो जाना चाहता hoon सिर्फ तेरे सुरों mein."

Gayatri diary padhti gayi, aur uske aansu ink ki तरह uss kagaz mein ghul gaye...

---

3. Rajeev का अंतिम ट्रैक — जो कभी रिलीज़ नहीं हुआ

Kabir ne Gayatri ko ek USB di:

"Rajeev ne concert se एक रात पहले record kiya tha...
बस tumhare liye. Wo chahta tha ki ye दुनिया na sune, बस tum suno."

Gayatri ne headphones lagaye...

Geet ka title tha — "Chhup Jaaun Tujhmein"

"Tere dil mein ek jagah chahiye bas, jahan main apni आवाज chhod jaun."_

"Main mar bhi jaun... toh geet bankar... tere saath गूंजता रहूं."

"Tu soye... toh main tere ख्वाब banu,
Tu roye... toh main तेरे आंसू."_

Us geet ke baad Gayatri ka chehra ekदम शांत ho gaya...

Jaise उसने उस गीत में Rajeev को पा लिया हो।

---

4. एक नया फैसला

Gayatri ne Kabir se kaha:

"Main uski legacy zinda रखूंगी.
Na sirf as a memory... par as an artist."

Usne ek foundation shuru kiya —
"The Rajeev Sharma Memorial Academy of Soulful Music"
Jahan sirf dil se गाया जाता... fame ke liye नहीं।

Uska motto tha:

"जो दर्द से गाता है... वही दिल तक पहुंचता है।"

---

5. अंतिम मोड़ — एक आवाज, एक साया

Ek din Gayatri stage par thi, aur ek naya geet gaa rahi thi.

Tabhi mic ke background mein ek गूंजती हुई आवाज आई —
Rajeev ki... purani recording se:

"Tu gaa... Gayatri.
Mere liye gaa."
"Jab tu gaa rahi hoti hai...
Main tujhmein ज़िंदा होता हूं."

Gayatri रुकी नहीं...
Wo gaa rahi thi, par uski आंखों से आंसू गिर रहे थे —
Kyuki usey lag रहा tha — Rajeev पास hi kahin है।

---

6. Chapter का अंतिम शब्द

Gayatri stage ke kone mein ek diya jalati thi har performance ke baad — Rajeev ke नाम ka.

Aur whisper karti thi:

"तू गया नहीं... तू मुझमें रह गया।"

"और जब तक मैं गाऊंगी...
तू ज़िंदा रहेगा।"

Chapter 12 : अब तेरे साथ...

अब तेरे साथ... मगर दुनिया के खिलाफ"

"कुछ कहानियाँ पूरी होकर भी अधूरी लगती हैं, जब तक वो किसी और की नज़रों में 'सही' ना हों।"

---

1. पहाड़ों में दो रूहों की मुलाकात

Rajeev aur Gayatri —
ek chhoti si kutiya mein, chulhe ki aag ke saamne,
woh dono khamoshi mein baith kar muskaan se baatein kar rahe the.

Rajeev ke haath mein wahi पुराना guitar tha...
aur Gayatri uske सुरों mein sama gayi thi — jaise purani अधूरी धुन ekdum se poori ho gayi ho.

Gayatri (muskurate hue):

"Tere bina jeena nahi aaya... aur tere milne ke baad jeena phir se seekhna pad raha hai..."

―――

2. Rajeev ki कहानी — जो किसी को नहीं पता थी

Gayatri ne poocha,

"Tu gaya kyu tha Rajeev... bina kuch kahe?"

Rajeev ne diary band ki...
Aur uski aankhon mein ek थकान thi — jo fame, drugs aur pressure ke saalon ne chhod diye the.

"Main mar gaya tha, Gayatri...
sirf duniya ko dikhta tha Rajeev Rockstar —
par andar se main sirf ek awaaz tha... jo chup ho gayi thi."

Usne bataya kaise concert ke baad usne decide kiya:

"Ya toh main kisi mandir mein mar jaun... ya kisi awaaz ko jeena sikha doon."

Tabhi usne Swaranjali ka निर्माण kiya...
Ek jagah jahan vo बेसहारा बच्चों ko music sikhaata tha.

—

3. दुनिया की नजरें — और media ka tufaan

Gayatri ke disappearance ke 2 hafte baad,
news channels aur social media pe flood aa gaya:

"Gayatri Sharma MISSING!"
"Was It A Suicide Attempt?"
"Disappeared After Charity Concert!"

Tabhi kisi ne ek blurred photo post ki —
Gayatri kisi pahadi school ke baahar...
ek aadmi ke saath guitar le ja rahi thi.

Public pagal ho gayi.

"Rajeev Sharma Alive??"
"Love Story Or PR Stunt?"

—––

4. वक़्त की माँग — क्या वापसी होगी?

Kabir, Gayatri ka closest dost aur PR manager,
ek helicopter leke pahado mein aa gaya.

"Yeh jo tum kar rahe ho… duniya ke liye fairytale hai.
Magar Gayatri, tum dono sirf apne liye jee rahe ho…
Rajeev ko duniya ke saamne lautna hoga."

Gayatri confused thi…
Rajeev chup tha.

Aur tabhi…

—––

5. Rajeev का अंतिम फैसला — एक आखिरी मंच

Rajeev ne bola:

"Ek show karunga... bas ek.
Phir jo tu kahegi, wahi karunga."

Show ka venue — wahi jahan Rajeev ne akhri baar gaya tha.
Logon ne kaha — "The Resurrection Concert"

Tickets 6 minute mein sold out ho gayi.
Stage par sirf 2 log the — Gayatri aur Rajeev.

Aur ek aankh se aansu aur ek muskaan ke saath,
Rajeev ne kaha:

"Main gaya tha...
khud ko dhoondhne.
Ab laut raha hoon...
tere saath jeene."

———

6. प्यार की जीत — पर भीड़ के बिना

Concert ke baad Gayatri ne ek press conference mein announce kiya:

"We are not returning to the industry.
Hum wapas apni दुनिया mein ja rahe hain —
jahan fame nahi, सिर्फ संगीत hai।
और प्यार।"

Rajeev और Gayatri ek baar phir chale gaye...
Lekin is baar दुनिया se भाग कर नहीं —
बल्कि खुद की दुनिया बसाकर।

Chapter 13 : जब मौन भी बोल पड़ा…”

“प्यार तब भी ज़िंदा रहता है,
जब सब आवाज़ें खामोश हो जाती हैं।”

“और कभी-कभी… सबसे बड़ा तूफान, भीतर उठता है।”

———

1. स्वरणजली — अब एक परिवार था

Rajeev aur Gayatri ne Swaranjali ko एक registered trust बना दिया tha.
Har hafte ek village concert hota,
aur bachche unke saath stage par गाते,
bajate aur muskurate.

Rajeev ne finally ek “Guru” banna स्वीकार कर लिया,
aur Gayatri ban gayi us आवाज़ की “आत्मा” —
जो हर दिल को छू जाती थी।

Rajeev: “Main ab kisi aur ka hero nahi…

main in bachchon ka mentor hoon."

———

2. एक documentary crew — और बीते कल की दस्तक

Ek foreign documentary team,
"Lost Legends of India" naam ka ek series bana rahi thi.

Unhe pata chala ki Rajeev Sharma ab zinda hai,
aur wo ab Swaranjali mein रहकर एक नया जीवन जी रहा hai.

"We won't shoot anything without your permission, sir.
Bas ek दिन का coverage..."

Gayatri hesitant thi — par Rajeev ne mana nahi kiya.

"Agar meri kahani kisi ek इंसान ko बचा सके...
toh meri खामोशी ka मतलब बनता hai।"

---

3. कैमरे... और छुपे हुए ज़ख्म

Shoot chalu hua.
Rajeev bacchon ke साथ rehaarsal karte hue camera mein मुस्कुरा raha tha.
Gayatri ek dhaal ban gayi thi — uske aur duniya ke beech.

Lekin jab interviewer ne poocha:

"Rajeev, if you were given one chance to return to the mainstream music world... would you take it?"

Rajeev ek पल को चुप raha.
Phir bola:

"No. Because the real music isn't on stage...
it's in these kids' dreams."

Par Gayatri uske जवाब mein ek झूठ महसूस karti hai...
Kahi na kahi, uski आंखों mein अब भी एक missed stage की कसक thi.

---

4. पहला झगड़ा — दो सच्चाइयों की टकराहट

Ek shaam Gayatri ne Rajeev se seedha poochh liya:

"Kya tu waqai satisfy hai Rajeev?
Ya sirf mujhe khush dekhkar खुद को मना raha hai?"

Rajeev चुप tha.

Gayatri ne pehli baar आवाज़ ऊँची ki:

"Main tujhe khona nahi chahti...
par agar तू खुद mein अधूरा है...
toh main कब तक पूरा होने का नाटक karti rahu?"

Rajeev: "Toh kya chhod doon sab?
Wapas jaaun spotlight mein?"
Gayatri: "Main spotlight nahi... सच्चाई चाहती हूं।"

Dono ek hi chhat ke neeche,
lekin ek hi रात mein बहुत दूर ho gaye...

---

5. एक रात — जब Rajeev कहीं चला गया...

Agli subah Gayatri uthti hai — Rajeev wahan nahi tha.

Uska guitar, diary aur coat gayab tha.

Swaranjali ke bachchon ne kaha —

"Guruji ne kaha vo kuch waqt ke liye akela rehna chahte hain..."

Gayatri ko samajh nahi aaya —
"Kya yeh खुद से दूरी hai...
ya मुझसे?"

---

6. Gayatri की तलाश — फिर से

Gayatri firse ek सफर par nikalti hai.

Lekin iss baar Rajeev ko dhoondhna
uske liye ek जुनून nahi…
बल्कि एक जरूरत thi —
kyunki pyaar ka सबसे खतरनाक रूप
hota hai —
“अधूरी माफ़ी।”

End Quote:

“Main tujhe रोक नहीं सकी…
par tujhme खो भी नहीं सकी.”

“Shayad is baar, main khud ko
dhoondhne nikli hoon…”

Chapter 14 : तू अगर ख़ुद से भी छुप गया…"

"कभी-कभी इंसान सबसे ज़्यादा गुम होता है
अपने ही अंदर।
और सबसे लंबी यात्राएं, आंखें बंद करके तय
होती हैं।"

———

1. हिमालय की खामोशियाँ — और एक खोया हुआ आदमी

Rajeev ab ऊँचे हिमालयी इलाकों mein tha
—
ek purane buddhist monastery ke पास.
Na phone, na camera…
sirf ek diary, ek shawl aur ek purana
flute.

Wahan ek बुजुर्ग lama uske paas aaya
aur bola:

"Tumhare भीतर बहुत शोर है. Music toh
bajta hai,
par उस पर कोई control नहीं…"

Rajeev sirf muskuraya,

aur poocha:

"Aap kabhi pyaar mein gaye the?"

Buddhist ne kaha:

"Main aaj bhi hoon —
बस मेरा पिया अब खुदा बन गया है।"

---

2. Gayatri — दिल से नहीं, आत्मा से तलाशती

Gayatri wapas har jagah ja rahi thi
jahan Rajeev kabhi gaya tha —
old music school, orphanage, chai stall,
hatta ki wo pahadi lake jahan
Rajeev ne use pehli baar
"mera sukoon tu hai" kaha tha.

Usne har jagah diary ke pages chhode...
Rajeev ke liye likhe kuch lafz:

"Tu chala gaya toh kya,
main ruk jaaun?
Ya chalti rahun,
Tere raaste ki तरह?"

—

3. Rajeev ka खत — खुद के नाम

Ek shaam Rajeev monastery ke
peechhe baithkar likh raha tha —
khud ke liye…
khud ko:

“Rajeev, agar tujhe lagta hai ki duniya
tujhe nahi समझ पाई,
toh tu bhi toh kabhi खुद को नहीं समझा।
Tere अंदर ek Rockstar hai,
par ek insaan bhi —
jo सिर्फ Gayatri ke सामने रोया करता था…”

Usne woh letter fold kiya,
aur monastery ke lamppost par
chhipka diya —
jahan tourist kabhi kabhi aate the.

—

4. एक संगीत — जो फिर से धड़कता है

Monastery ke ek chhote बच्चे ne ek din
Rajeev se kaha:

"Can you teach me how to feel the music, not just play it?"

Tab Rajeev ne aankhen band ki...
aur flute bajana shuru kiya —
ek purani dhun, jo Gayatri gaa karti thi:

"Sanam re... sanam re... tu mera sanam hua re..."

Us dhun mein
pyaar tha, guilt tha,
aur ek बुलावा tha.

---

5. Gayatri ne paa liya — bina awaaz ke

Ek tourist ne lamppost pe ek letter dekha —
aur Facebook par photo daal di:

"A monk in Himachal left this letter. Signed 'R'."

Kabir ne woh post Gayatri ko bheji.

Gayatri turant wahan pahunchi —
aur us lamppost ke neeche khadi ho gayi.

Rajeev samajh gaya —
उसने बिना कुछ कहे खुद को सौंप दिया।

---

6. एक वादा — दुनिया ke बिना

Us raat ek chhoti सी पूजा हुई —
ek simple ring exchange…
na mandap, na mehmaan, na music.

Sirf Gayatri, Rajeev… aur तिब्बती हवाएं।

Gayatri:
"Tujhse shaadi isliye nahi kar rahi…
ki tu Rockstar hai…
Balki isliye,
kyu ki jab tu kuch nahi tha —
tab bhi main tujhmein सब कुछ pa leti thi…"

"Pyaar wahi hota hai...
jo khud se milne ki राह ban जाए."

"Aur agar koi तुम्हारे अंधेरे में भी हाथ थामे रहे —
तो वो सिर्फ रौशनी नहीं...
तुम्हारी दुनिया बन जाता है।"

Chapter 15 : तेरे नाम के आगे कुछ भी नहीं…”

(“कुछ रिश्ते सिर्फ़ सांसों तक नहीं, रूह तक जाते हैं…”)

—

1. वो सुबह जो आख़िरी लगती थी…

हिमाचल की एक शांत घाटी में सुबह की पहली किरणें धीरे-धीरे बर्फ से ढकी ज़मीन को चूम रही थीं।
Rajeev एक पुराने लकड़ी के झोपड़े के सामने बैठा, हाथों में guitar लिए, चुपचाप दूर घाटियों को देख रहा था।
Gayatri ने चाय का कप उसके हाथ में रखा और धीरे से उसके पास बैठ गई।

Gayatri (धीरे से):
“अब और दूर नहीं जाना है न?”

Rajeev (हँसते हुए, पर आँखों में नमी के साथ):

"दूर नहीं... अब तो बस तेरे पास रहना है। हर उस पल के लिए जो मैंने तुझसे चुरा लिया था।"

---

2. एक अधूरा गाना — जो अब पूरा होगा

Gayatri ने Rajeev को guitar थमाई —
वही पुराना टूटा हुआ साज़,
जिससे Rajeev कभी अपनी पहचान बनाया करता था।

"Rajeev, आज उस अधूरे गीत को पूरा कर दो...
जो कभी मेरे लिए गाते-गाते रुक गए थे।"

Rajeev की उँगलियाँ कांपीं... लेकिन सुर बह निकले।

"तेरे नाम के आगे कुछ भी नहीं,
मैं मिट जाऊं अगर तू रहे कहीं...
तू साँसों में है, तू वज़ूद में,
तेरे बिन मैं कुछ भी नहीं...."

---

3. Gayatri की सच्चाई — एक बलिदान

Rajeev अब पहले से बेहतर लग रहा था, मगर एक रात Gayatri बेहोश हो गई।
Hospital में पता चला — Gayatri को एक पुरानी बिमारी थी, जिसे उसने Rajeev से छुपा रखा था।

Doctor:
"Gayatri को rare blood disorder है...
बहुत कम समय है।"

Rajeev टूट गया।
उसने पहली बार खुद को बिलकुल असहाय महसूस किया।

"तू मेरी जान है Gayatri... तू नहीं तो मैं फिर से वो बर्बाद इंसान बन जाऊँगा।"

Gayatri मुस्कराई:

"इस बार नहीं Rajeev... इस बार तू बचेगा, और मेरा हिस्सा बनकर जिएगा।"

---

4. आख़िरी चिट्ठियाँ

Gayatri ने Rajeev के लिए 10 चिट्ठियाँ लिखीं। हर एक चिट्ठी में एक memory, एक advice, और एक आख़िरी इच्छा थी।

- पहली चिट्ठी: "अगर कभी हार जाओ, तो मेरे गाए हुए गीत सुनना... वहाँ तुम खुद को फिर से पाओगे।"
- आख़िरी चिट्ठी: "मुझे भुला मत देना... बस मेरा नाम अपनी हर धुन में शामिल रखना।"

---

5. वो रात — जब मौत भी रोई

Gayatri की हालत बिगड़ती गई।
Rajeev ने पूरी रात hospital के बाहर बैठकर गाना गाया।

"मुझे मत ले जाना... अभी नहीं। मैंने अभी उससे कहा भी नहीं कि मैं उससे कितना प्यार करता हूँ..."

सुबह के चार बजे —
Gayatri ने Rajeev का हाथ थामा, मुस्कराई,
और बोली:

"अब तू अधूरा नहीं रहा... तू पूरा हो गया है,
Rajeev..."

और फिर उसकी साँसें थम गईं।

---

6. एक आख़िरी विडियो — Gayatri का पैगाम

Rajeev को Gayatri की nurse ने एक
pendrive दी।

Gayatri ने जाते-जाते एक video record
किया था:

"अगर तुम ये देख रहे हो... तो मैं अब नहीं हूँ।
पर तुम्हारा संगीत ज़िंदा है, तुम्हारा प्यार ज़िंदा
है...
और जब भी कोई तुम्हें सुनेगा, समझेगा,
महसूस करेगा —
समझ लेना, मैं वहीं हूँ।

हर सुर में, हर धुन में — मैं हूँ।"

---

7. "Gayatri Foundation of Music & Healing"

6 महीने बाद —
Rajeev ने अपनी सारी कमाई लगाकर Shimla में एक institute खोला।

नाम रखा गया: "Gayatri Foundation of Music & Healing"
Tagline: "जहाँ हर धुन, किसी अधूरे दिल को पूरा करती है..."

यहाँ अनाथ बच्चों को संगीत सिखाया जाता था —
जिनके पास ना परिवार था, ना सपने...
Rajeev अब हर बच्चे में Gayatri का अक्स देखता था।

---

8. अंत नहीं — नई शुरुआत

एक संगीत कार्यक्रम में, Rajeev ने स्टेज पर
आकर अपनी आँखें बंद कीं।

हॉल में सन्नाटा छा गया...

और फिर उसने वो गाना गाया —
जो Gayatri की favourite था:

"तू जो पास नहीं, फिर भी पास लगती है,
तेरी हर बात आज भी खास लगती है...
तेरे नाम के आगे कुछ भी नहीं,
मैं मिट भी जाऊँ तो कोई बात नहीं..."

सारा हाल तालियों से गूंज उठा।

---

9. Gayatri की डायरी — अंत की शुरुआत

Rajeev को Gayatri की एक personal
diary मिली थी,
जिसके आख़िरी पन्ने पर लिखा था:

"मैं जानती हूँ तुम जीना नहीं चाहते थे...

पर अब तुम जी रहे हो।
और मेरी रूह चैन में है…”

अंतिम पंक्तियाँ —

“इश्क़ अगर जिंदा रहे किसी के जाने के बाद भी…
तो वो सिर्फ़ एक नाम नहीं,
एक साज बन जाता है — जो हमेशा बजता है…”

Rajeev Gayatri
एक अधूरी कहानी… जो हमेशा के लिए मुकम्मल हो गई।

www.ingramcontent.com/pod-product-compliance
Lightning Source LLC
LaVergne TN
LVHW102011210926
848483LV00011B/251
* 9 7 9 8 8 9 8 5 4 8 1 4 8 *